Helo bawb.

Croeso i fyd **Tomos Llygoden y Theatr**.
Wrth i chi ddarllen am anturiaethau Tomos
fe ddaw yn ffrind annwyl iawn i chi
ac er mai dim ond llygoden ydi o,
fe fyddwn ni'n dysgu llawer iawn gyda'n gilydd.

Ydi, ma Tomos yn **WICH**!

Hwyl fawr ar y darllen,
Caryl a Craig

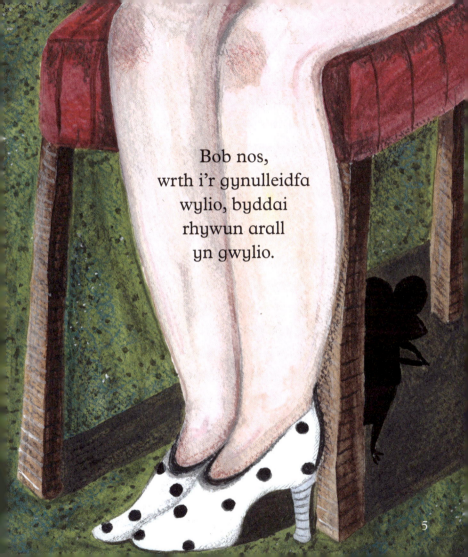

Bob nos,
wrth i'r gynulleidfa
wylio, byddai
rhywun arall
yn gwylio.

5

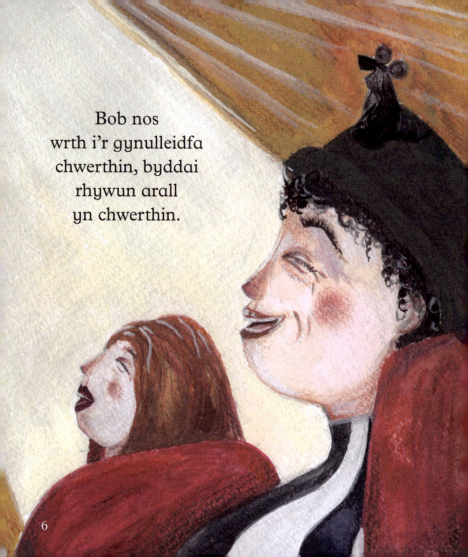

Bob nos
wrth i'r gynulleidfa
chwerthin, byddai
rhywun arall
yn chwerthin.

6

Bob nos
wrth i'r gynulleidfa
glapio, byddai
rhywun arall
yn clapio.

A phob nos wrth i'r gynulleidfa adael y theatr a'i throi hi am adre ac i'w gwlâu, byddai rhywun arall yn ei throi hi am adre ac ... ym ... am funud bach, doedd y "rhywun arall" yma ddim yn mynd adre i'w wely. Y "rhywun arall" yma oedd Tomos, Llygoden y Theatr.
A'r theatr oedd ei gartref.

Chi'n gweld, beth sy'n rhaid i chi gofio am y theatr yma oedd ei bod hi, fel sawl theatr arall, yn hen iawn, iawn. Mi gafodd ei hadeiladu gant a hanner o flynyddoedd yn ôl, oedd yn golygu ei bod hi'n hŷn o lawer na chi a fi, a'i bod hi'n dal i sefyll, ar waetha tân a llifogydd a stormydd mawrion. Roedd pob math o bobl wedi ymweld â hi – brenhinoedd a breninesau, sêr enwog, prif weinidogion, a miloedd o bobl eraill.

Ac o, roedd hi'n theatr hardd!
Roedd ganddi nenfwd uchel a goleuadau crand,
a phob modfedd ohoni'n llawn addurniadau
prydferth a lliwgar. Roedd yno res ar ôl rhes
o seti melfed meddal, coch, i gyd yn wynebu
tuag ymlaen, yn aros i'r llen godi.

O ... ac roedd yno lygod.
Lot o lygod.
Achos, er bod llygod wrth eu bodd
hefo caws a siocled, maen nhw hefyd
yn mwynhau cael eu diddanu.
Ac ar ben hynny,
mae theatrau mor fawr ac mor hen,
maen nhw'n gwneud cartrefi
perffaith i lygod bach.
Maen nhw'n llawn twneli
iddyn nhw gael rhedeg ar eu hyd,
cannoedd o gorneli tywyll i guddio ynddyn nhw
a llwyth o lefydd bach cyfrinachol
iddyn nhw gael adeiladu eu nythod.

Fel arfer, mae llygod yn trio'n hosgoi ni –
chi'n gwbod – pobl.
Ond nid felly mae hi yn y theatr.
Dyna'r unig le mae llygod a phobl yn cymysgu.
Pan mae'r actorion ar y llwyfan yn actio
ac yn canu nerth eu pennau, mae'r llygod bach
i gyd yn dod allan o'u cuddfannau ac yn gwylio.
A doedd neb, yn llygod na phobl,
yn mwynhau'r sioeau cymaint â Tomos.

Roedd Tomos wrth ei fodd gyda'r theatr.
Roedd o wedi dotio ar bopeth amdani,
a phob nos mi fyddai'n eistedd yn ei hoff fan,
ar silff gul jest uwchben y llwyfan,
ei goesau bach yn hongian uwchben yr actorion
islaw. A dweud y gwir, roedd o yno mor aml,
wrth i'r llen ddisgyn ar ôl pob sioe,
byddai'r actorion yn codi llaw ar Tomos ac mi
fyddai o'n codi ei bawen fach yn ôl atyn nhw.

"Sut oedd y sioe heno, Tomos?"
byddai un yn gweiddi.
"Gwell na neithiwr?"

Byddai Tomos bob amser yn
rhoi ateb gonest oedd fel arfer
yn swnio rhywbeth yn debyg i hyn:

"Nes i fwynhau pob un eiliad!
Roeddech chi'n WYCH!"

"Diolch, Tomos,"
byddai pawb yn ei ddweud dan wenu.
"Welwn ni ti fory!"

Unwaith iddi dawelu ac unwaith i'r theatr wagio,
byddai Tomos yn disgyn o'i silff ac yn rhedeg
ar y llwyfan. Wedyn mi fyddai'n actio
pob un olygfa i'r seti gweigion,
yn gweiddi'r llinellau i gyd,
yn morio canu'r caneuon,
ac yn dawnsio pob un cam
o bob un ddawns.

"O, am fod yn actor!" meddai wrtho fo'i hunan.

Ond er bod Tomos yn mwynhau bywyd
yn y theatr yn fwy na dim byd arall,
doedd dim gobaith iddo fo ymuno â'r actorion
ar y llwyfan, ac roedd hyn yn ei wneud o'n drist.
Roedd y llygod eraill yn y theatr yn pwyntio ato
gyda'u pawennau ac yn chwerthin ar ei ben o.

"Dwyt ti ddim yn actor, Tomos.
'Mond llygoden wyt ti. Tyrd i lawr o'r llwyfan 'na
a phaid â bod mor wirion!"

O, roedd Tomos jest â marw eisiau dangos iddyn
nhw ei fod o'n gallu actio ... go iawn!

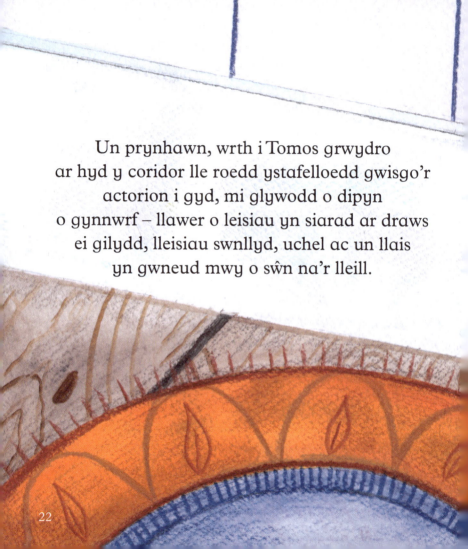

Un prynhawn, wrth i Tomos grwydro
ar hyd y coridor lle roedd ystafelloedd gwisgo'r
actorion i gyd, mi glywodd o dipyn
o gynnwrf – llawer o leisiau yn siarad ar draws
ei gilydd, lleisiau swnllyd, uchel ac un llais
yn gwneud mwy o sŵn na'r lleill.

"AAAAW!
Bawd fy nhroed!"
sgrechiodd y llais.
"Dwi'n meddwl 'mod i wedi
torri bawd fy nhroed!"

24

Sbeciodd Tomos drwy'r drws i weld beth oedd
yr holl ffws. Dyna lle roedd Bedwyr Llywelyn,
y prif actor, yn eistedd ar y bwrdd
ac yn gafael yn dynn yn ei droed.

"Waaaaaaa! Nefi blw, mae'n brifo gymaint,
fedra i ddim sefyll. Dwi'm yn meddwl
alla i berfformio heno ..."

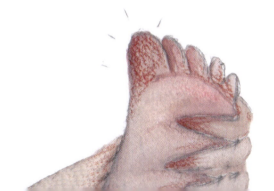

Dechreuodd pawb yn yr ystafell fynd i banic anferth! Beth ar y ddaear oedden nhw am ei wneud? Bedwyr oedd yn chwarae'r brif ran. Ac os nad oedd Bedwyr yn mynd i allu actio heno, falle byddai'n rhaid iddyn nhw ganslo'r perfformiad.

"Ma syniad 'da fi!" meddai Alys,
yr actores fach annwyl o Dregaron.
"Wi'n nabod rhywun sy'n gwbod y llinelle i gyd,
yn gwbod pob cân ac yn gwbod pob un cam
o bob un ddawns."

Ac meddai pawb hefo'i gilydd,
"PWY?"

"Tomos, Llygoden y Theatr,"
atebodd Alys gyda gwên.

Wrth gwrs!
Roedd hyn yn gwneud synnwyr llwyr.
Roedd pawb wedi sylwi ar Tomos i fyny ar ei silff
yn actio pob eiliad o'r sioe gyda nhw
wrth iddyn nhw berfformio noson ar ôl noson.
Fo oedd yr un delfrydol i gymryd lle Bedwyr.

Roedd Bedwyr Llywelyn wedi ymgolli gormod
yn nrama bawd ei droed i sylwi y byddai ei ran
yn cael ei chwarae gan lygoden!

"Ond sut ddown ni o hyd iddo fo
cyn i'r sioe ddechrau?" gofynnodd pawb.

"Ym ... esgusodwch fi, hogia.
Dwi i lawr yn fan'ma!"
gwichiodd y llais bach o dwll yn y llawr pren.

Edrychodd yr actorion i lawr at le roedd y llais
yn dod, a dyna lle safai Tomos.

"Iawn, hogia?" gofynnodd Tomos
gan godi ei bawen.

"Tomos ... allwn ni ofyn am gymwynas
anferth gen ti?" gofynnodd Alys fach.

Roedd Tomos eisiau dweud
"Unrhyw beth i ti, Alys!" ond y cyfan ddaeth
allan o'i geg oedd ychydig o wynt!

Aeth Alys yn ei blaen yn ei llais swynol, annwyl:

"Falle bo' ti wedi sylwi bod Bedwyr Llywelyn
druan wedi gwneud dolur i fawd ei droed …
ac achos hynny bydd e ddim yn galler
gwneud y sioe heno, ac achos taw fe yw'r seren,
byddwn ni'n ffaelu mynd 'mlaen
â'r perfformiad, ti'n gweld."

Syllai pob llygad ar Tomos.

"Ti'n gwbod pob gair o'r sioe on'd wyt ti, Tomos?
A'r caneuon. A phob un cam o bob un ddawns ..."

Nodiodd Tomos ei ben i ddangos i Alys
ei fod o wir yn gwybod y pethau yma i gyd.

"Ti'n eu gwbod nhw'n well na neb, on'd wyt ti?"

Nodiodd Tomos eto.

"Tomos … shwt fyddet ti'n hoffi
bod yn seren y sioe heno?"

"Ond dim ond llygoden fach y theatr ydw i,"
dywedodd Tomos.

"Dim rhagor, Tomos bach!"

Roedd Tomos yn teimlo fel petai'n
bum troedfedd o daldra!
A heb oedi dim, dywedodd,
"Ocê 'ta!"

"HWRÊ!!!" meddai pawb.
Roedd Tomos yn arwr ac roedd y sioe yn cael
mynd yn ei blaen. Ond doedd dim llawer o amser
cyn y perfformiad ac roedd rhaid i Tomos
gael ei wisg ei hun.

Un bach ydi Tomos, wrth gwrs, felly chymerodd
hi ddim amser o gwbl i Feistres y Gwisgoedd
wneud copi pitw bach, bach,
o wisg Bedwyr Llywelyn iddo fo.
Roedd Tomos yn wên o glust i glust wrth iddo
wisgo amdano. Syllodd arno fo'i hun yn y drych
a doedd o ddim yn gallu credu'r peth.

Yn sydyn, dechreuodd Tomos deimlo'n nerfus.
Roedd ei fol bach o'n troi fel peiriant golchi.

"Owwww! Gobeithio na fydda i'n anghofio
'ngeiriau," gwichiodd.

"Byddi di'n grêt, Tomos,"
meddai llais bach swynol o'r tu ôl iddo.

A dyna lle roedd Alys,
yr actores fach annwyl o Dregaron,
yn edrych yn ddeliach nag erioed
yn ei gwisg brydferth.

"Ti'n meddwl hynna, Alys? Go iawn?"

"Wi'n GWBOD y byddi di.
Nawr dere, ma'r sioe ar fin dechre."

Ymunodd Alys a Tomos gyda gweddill y cast
wrth iddyn nhw aros ar ochr y llwyfan i'r llen godi.
Roedd pawb yn dymuno lwc dda i'w gilydd.

Diffoddodd y goleuadau'n ara' bach
a gwrandawodd y gynulleidfa
ar y cyhoeddiad pwysig:

"Foneddigion a foneddigesau,
oherwydd amgylchiadau arbennig,
ni fydd Bedwyr Llywelyn yn ymddangos
yn y perfformiad heno.
Fe fydd ei ran yn cael ei chwarae
gan Tomos, Llygoden y Theatr."

Edrychodd y gynulleidfa ar ei gilydd
mewn syndod. Roedden nhw wedi
gwario lot o bres i weld seren y sioe,
a rŵan dyma rywun yn cymryd ei le ...
na, nid RHYWUN ond RHYWBETH
... llygoden!

Dechreuodd ambell un weiddi "Bŵ!"
ac aeth un neu ddau o rai eraill o'u seti
i gwyno wrth bobl fawr y theatr.

O, roedd Tomos druan yn poeni rŵan.
Dechreuodd grynu'n nerfus
ond rhoddodd Alys gwtsh bach iddo
ac fe wnaeth hynny iddo deimlo'n well o lawer.

"Paid cymryd unrhyw sylw, Tomos," dywedodd hi.
"Ma 'da fi bob ffydd ynot ti.
Dangos di iddyn nhw bo' ti gystal bob tamed
ag unrhyw actor yn y byd!"

Ac yn sydyn, disgleiriodd y goleuadau
a dyna lle roedd Tomos yn serennu yn
ei sioe gyntaf o flaen theatr lawn dop ...
oedd yn cynnwys y llygod eraill i gyd.
Roedd y newyddion bod Tomos yn y
sioe – ac nid hynny'n unig ond bod
Tomos yn actio rhan y prif gymeriad –
wedi lledu fel tân gwyllt drwy
bob twnnel, twll a chornel.
Fel arfer mi fyddai'r llygod wedi
cuddio o dan y seti drwy'r perfformiad,
yn hel briwsion. Ond dim heno!
Roedd heno'n wahanol.
Am y tro cyntaf yn hanes y theatr,
roedd pobl a llygod yn eistedd yn hapus
gyda'i gilydd yn gwylio'r cyfan
yn gegagored.

A hyd yn oed yn rhannu'r siocled ...

Roedd Tomos yn anhygoel!
Mi gofiodd o bob gair, pob cân
a phob un cam o bob un ddawns.
Syrthiodd y gynulleidfa mewn cariad ag o.
Daeth hyd yn oed y bobl aeth i gwyno
yn ôl i'w seti a mwynhau'n ofnadwy.

Ar ddiwedd y sioe pan ddaeth Tomos i flaen
y llwyfan i dderbyn ei gymeradwyaeth,
roedd bob un wan jac o'r gynulleidfa ar ei draed.
Cododd Alys Tomos bach yng nghledr ei llaw
i bawb gael ei weld, a rhoddod gusan fach
ar ei ben. Hon oedd y noson orau erioed,
a doedd Tomos ddim am iddi ddod i ben.

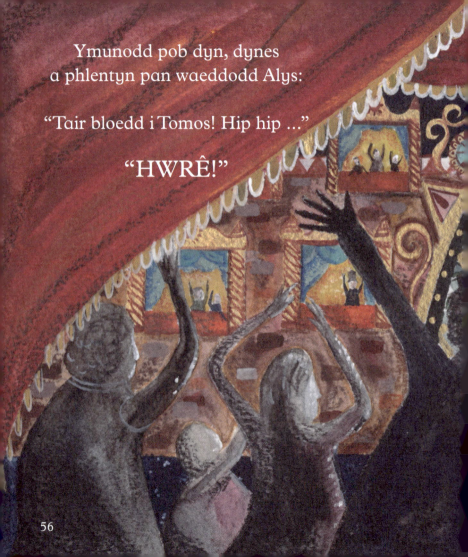

Ymunodd pob dyn, dynes
a phlentyn pan waeddodd Alys:

"Tair bloedd i Tomos! Hip hip ..."

"HWRÊ!"

"Hip hip ..."

"HWRÊ!"

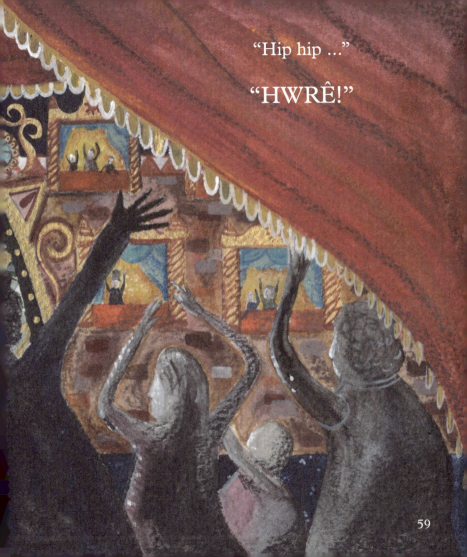

"Hip hip …"

"HWRÊ!"

Nid Llygoden Fach y Theatr oedd o bellach ond
Tomos, SEREN FAWR y Theatr!

Y Gyfres

Cadwch lygad yn agored am deitlau eraill
yng nghyfres Tomos y Llygoden pan fydd
ein ffrind bach annwyl yn cyfarfod ...

... seren fyd-enwog
... ffrind arbennig i'r Nadolig

... a llawer mwy o gymeriadau lliwgar!